KB266390

_______________________ 님께

_______________________ 드림

글마을시선2 우면산 나무의 소망 동인지 제3집

그대라는 별

우면산 나무의 소망 동인

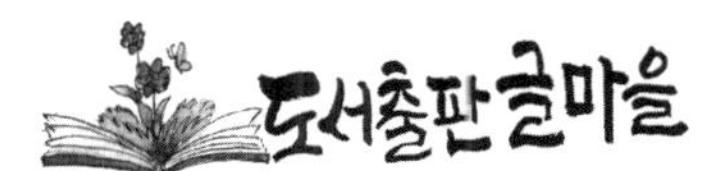

도서출판 글마을

동인지 제3집을 내면서

　우면산 동인지 제2집 『봄빛 초대장』을 낸 이래로 장장 15년이란 세월이 흘렀습니다. 너무 긴 세월이 먹먹하게 흘러갔다는 사실에 저는 화들짝 놀랐습니다. 지난 2월 북한산 꼭대기에 하얀 눈이 녹지도 않고 햇빛에 빛나는 것을 보면서 동인지 제3집을 내야겠다고 생각하였습니다. 옛시인들을 만나서 어떻게들 살아왔는지 묻고 들어보고 싶은 마음에 가슴이 벅차게 끌어 올랐습니다. 저는 정말 보고 싶었습니다.

　요즘 수십 년 수백 년 동안 우리 곁에 있었던 직업과 공장들이 하나둘 사라져 가고 있습니다. 우리가 젊었을 때부터 오랜 시간 준비하여 생활의 터전으로 살아왔는데, 하루 아침에 직장을 잃어버리고 새로운 직업 전선에 나서야 하는 사람들이 많이 발생하고 있다고 합니다. 이것은 AI가 사람이 하는 일을 대체하기 시작하였고, AI가 할 수 있는 일은 사람이 할 필요가 없어졌기 때문에 그러한 어려운 상황이 발생하고 있다고 합니다. 제가 보기에 삶의 방식, 사고방식 등에 큰 변화를 가져오는 것으로 이해되며, 따라서 이 시대는 문명사적 변혁의 시기라고 생각합니다.

이렇게 어려운 시기를 맞이하여 우리는 옛날부터 있어 왔던 오프라인 방식으로 얼굴을 맞대고 앉아서 우리가 지은 글들을 펼쳐놓고 서로 간의 생각과 경험과 미래를 이야기하려고 합니다. 어쩌면 이런 모임마저 AI시대에서는 배척을 당할지도 모르겠습니다만, 우리들의 이야기를 우리들의 방식으로 고집하며 이 동인지 제3집을 추진하였습니다.

우리는 상상의 나래를 펴고서 세상 어디로든, 그리고 시대를 초월하여 생각을 불어넣을 수 있는 시인이며 작가이므로, AI가 큰 힘을 발휘하는 세상까지도 그려볼 수 있다고 생각합니다. 우리가 갖고 있는 특권, 창의와 창작의 자유와 힘으로 AI 시대에서도 굳건히 살아남아 아름다운 글을 계속하여 작성합시다. 인간 본연의 아름다움이 결코 AI에게 위축되어서는 안될 것입니다.

오늘 여러 가지로 어려운 여건 속에서도 동인지 제3집 발간에 흔쾌히 참여하여주시고 좋은 글과 함께 만남의 기쁨을 함께하여 주신 시인 작가 선생님들께 감사의 말씀을 드립니다.

여러 시인 작가님들과 함께 동인지 제3집 『그대라는 별』이 세상에 나오게 된 것을 축하합니다. 감사합니다.

2026년 4월 25일
우면산 나무의 소망 최상근 올림

차 례

24. 이현자

25. 임재화

26. 전선희

27. 정해경

28. 조동선

에필로그

1

최상근

2005년 대한문학세계 시 부문 등단
한국문인협회, 성남문인협회, 대한-문인협회 회원
시집 『우면산나무의 소망』(2009),
       『신촌로터리시계탑의 미션』(2011)"
       『탄천을 걸으며』(2026)
동인지 제1집 『커피와 비스킷』(2009)
       제2집 『봄빛 초대장』(2011)
       제3집 『그대라는 별』(2026)

흐르는 물도 변신한다

우리는 쉽게 알아보지 못하는데
물은
조금이라도 낮은 곳을
희한하게 잘 찾아서 흐른다
하지만
우리는 그것을 지극히 당연한 것으로 받아들인다
그 흘러가는 물이
거대한 바위 절벽을 만나 떨어진다면
우리는 그것을 아름답다고 감탄에 감탄하면서
폭포라는 또 다른 이름을 선사한다.

새로운 변신의 기회를
귀찮아서 피할 것이냐
기다릴 것이냐
찾아 나설 것이냐
그것이 문제로다.

미역국의 미션

생일엔
어미도 자식도
미역국을 먹는다
미역에 참기름을 두르고 잠시 볶으면
그 향기 코를 찌른다
혓바닥엔 침이 솟는다

고통 끝에 생산을 마쳤던 어미는
기억으로 먹고
세상에 머리를 디밀은 자식은
기념으로 먹는다

어디에 있든 죽었든 살았든
미역국의 미션은
어미와 자식을 이어주는
사랑의 샘이다.

되새김질

즐겁고 행복한 시간
그 시간은 순식간에 가버려요
누구나 늘이려고 하지요
그 시간이 짧은 것도 서운한데
언제나 힘든 시간이 찾아와서 터치해요

그래서 그런가요
나이가 들어갈수록
힘든 일을 버텨내는 실력도 늘고요
그 짧은 기쁨의 시간은 필요할 때마다
되새김질하듯 언제든 꺼내서 재활용합니다
각성제처럼
되새김질할 때마다
기쁨의 맛이 새록새록 납니다

아해들아!
노인들은 이런 기술을 갖고 있다는 것을
잊지 말아라

그냥 그냥 살겠어요

뼈가 없다는 아메바
그 아메바의 생은 어떨까요?
저는 거룩하게 살려고 하지 않았습니다.
흔들리지 않는 믿음을 가지고 있지도 않았습니다
내몸처럼 남을 사랑한다고 생각하며 살지 않았습니다.
그렇게 가난하지도 않았지만
맑고 깨끗하게 살아온 것 같지도 않습니다
저는 그냥 그냥 살았습니다.
되는대로 살았습니다.

젊었을 때는 가치관도 좋았고
꿈도 거대하고 좋았겠지만
이제는 아무것도 추구하지 않겠습니다.
그냥 몸이 가는 대로 갈 것이고
그냥 마음이 가는 대로 쓰겠습니다.
그렇게 마음을 다지면서 살고 있지만
아직도 허무맹랑한 망상을 하기도 하고
출세하는 꿈을 꾸고 나면
기분이 한결 좋아집니다.

서서히 아메바를 닮아가고 있음을 지각하면서
집 안에서 꿈틀거리고 있습니다

2

박경순

1998년 「물푸레나무의 신화 속에서」로 작품 활동 시작
경희 사이버대 문창과 졸업

저서 『밥상차리는 노라』

　　　『사랑아, 내가 널 쓸쓸하게 했구나』

　　　『지독한 마법』

　　　『네가 부르는 소리에 내가 향기롭고』

　　　『꽃 가운데 김 여사님』

　　　『이팝꽃 가문』

　　　『디테일이 살아나는 여자』

바순

아주 오랜 역사를 품고
놋쇠에 은도금으로 무게감이 있는
저 악기 이름이 뭐예요?

숨은 고수를 찾아낸 듯
에스 자의 곡선에서 꺾여 나오는 소리
리드를 만들기 위해 갈대의 바람을 수집하고

자신만의 소리를 내기 위해
단풍나무의 화려함, 장미 나무의 치명적인 매혹
그리고 무화과나무의 신비까지

깎고 다듬고 묵히며
설핀 시간을 지나야 낼 수 있다는
묵연한 저음

타악기에 흡수되기 쉬운 약점을 극복하기 위해
부단히 노력해야 하는 고독한 음계
저 악기 이름이 뭐라고 했죠?

다시, 듣는 비망록처럼
이름도 촌스럽고
목 빼고 되묻는 통에 성가시긴 하다

가시를 열다

태양을 삼킨 과일
가시 돋친 껍질 속에 잠들어 있었다

재래시장의 한 귀퉁이
이국의 청년이 묵묵히 칼끝으로
그 단단한 문을 열어젖힌다
그의 눈 속엔 더운 바람이 흐르고
손끝엔 떨림이 어려 있다

"가까이하기엔 위험한 과일이야"
코끝을 찡그리며 지나가는 사람들 앞에서
그는 위엄있게 껍질의 결을 켠다

껍질은 단단하고 거칠어
세상과 부딪힌 시간의 흔적을 닮았다
그러나 그 안쪽 황금빛 살결은 부드럽고
잃어버린 향수처럼 달았다

그의 꿈은 냄새로 번지고 있었다

한참을 바라보다가 문득,

사랑도 그와 같다는 생각을 했다
처음엔 냄새에 놀라고
한 껍질 더 벗기면 눈물이 나고
끝내는 그 깊은 향에 취하게 되는 일

속살을 먹은 다음 날 새벽
몸을 비워내는 고요한 순간
황금 덩어리가 내게 속삭였다

삶이란,
낯섦과 익숙함이 함께 익어가는 일
두려워하지 말고 가시를 열어라

과육이 삼킨 태양은
결국 자신의 빛으로 무르익는다
그 빛이 스러질 때
모든 날들의 미혹이 그 안에서
황금빛으로 발하고 있음을

감자에 싹이 나고 잎이 나고

국경 넘어온 친척의 손등엔
북녘 바람에 주름이 자글자글하다
감자 껍데기가 그들에게
술이 되거나
향기로 익어가는 끼니가 되는 것을 몰랐다

독일군의 군화로 짓밟히던 영국 건지섬

전쟁 중에도
문학을 품은 사람들이 모여
책장을 넘기며 감자 껍질 파이를 나눠 먹었다
갈색의 거칠고 무미한 맛에서
굶주림은 시나몬 향으로 위장되고
함께 나누는 문장 속에 고통이 숨어들었다

감자는 각각의 이유라는 조미료를 첨가해
다채롭게 구워져 식탁에 오른다
내 일생이라는 요리책 속
몇 장면쯤에 감자가 상영되고 있었을까

보릿고개를 버티며 먹던 아버지의 삶은 감자
허기진 생존의 알맹이였고
아들의 감자는 치즈와 버무려져
익힌 피자 위에서 번역된 냄새로 말한다

꽃이 질 때는 시나몬색을 띠는
땅속 감자는 더 단단해 영글어 갔다
눈물이 마르면
모락모락 김이 피어
포슬포슬 위안을 주었다

한 입으로 채워질 수 없는 허기
보랏빛 꽃을 따라 줄기를 캐내면 그 끝에
따듯한 김이 나는 내일이 있다며,

하얀 꽃은 눈물 속에서 피어난다며

이토록 긴밀한 단풍

우리 집 냉장고 안에도 단풍이 왔다
단풍으로
색색의 포스트잇 매달고 있는
김치 나무 찌개 나무 두부조림 나무 콩자반 나무
냉장고 문 열 때마다 울긋불긋 이파리들이 반짝인다

숲을 거닐 때
나무에 이름표 매달려 있으면
통성명 나눈 사이처럼 정겹 듯
반찬에 일일이 이름 써 붙이고 나니
계절의 오고 감이 문지방보다 낮아진다

나직한 곳에 사는 어떤 정령은 훅 짠내를 풍기기도 한다

엄마는 당신의 얼굴이 단풍인 줄 모르는지
꽃보다 단풍이 더 곱다며
단풍 구경 가자고 조르신다
단양의 가로수 복자기나무 보러 갔다
엄마의 다홍치마 뒤집어쓴 듯 종아리가 시려 보였다
복사기로 찍어낸 듯

내 얼굴에 엄마 얼굴이 어른거렸다

가을이 늦가을로 익어가는 한나절

밤이 들자 바람이 불었다
나란히 누운 엄마가 코를 골기 시작했다

늑골 아래 낙엽 지는 소리 단청단청했다

3

김영진

경기 양평 지나 용문에서 눈 떴음,
어쩌다 문학대상 줘서 받았고
저서로는 『나는 슬프다』로 출발하여 『백년의 잠 깨우다』
내가 잠들게 생겼음,
e-mail : zjaajsl@naver.com

빈틈의 자리

요즘 세상은
너무 영리하다

사람들은 말보다 먼저
이익을 계산한다

보이지 않는 저울에
자신을 올려놓고
삶의 무게를 달아본다

가식을 가공하듯

진실한 얼굴을
만나기는 어려운 날들이다

삶의 지혜는
흉내 낼 수 있으나

어리석음은
흉내 낼 수가 없다

어리석음은
모자람이 아니라
자신을 낮추는 일이다

영악한 사람은 실리에
관심을 두지만
마음을 얻을 수는 없다

말끝을 세우는 어감보다
부드러운 여운이 오래 남는다

사람에게는
작은 빈틈 하나 필요하다

그 틈으로
누군가의 마음이 들어와
쉴 수도 있으니까

빈틈없는 사람에게는
곁에 설 이유가 없고

잘난 체하는 얼굴 옆에는
다가앉을 자리가 없다

살다 보면 알게 되는

많이 아는 것과
지혜는 다르고

높이 있는 것과
존경은 다르다

겸손을 외면한 지식은
무식보다 시끄럽고

낮아짐을 모르는 높음은
사람들을
멀어지게 한다

어느 날 문득

세상은 그대로인데
욕심이
나를 무겁게 했다는 것을

세월이 나를
외롭게 한 것이 아니라

내가
내 마음을
외롭게 했다는 것을 알게 되므로

사람은
나이가 들수록
비워야 하는 그릇이다

쓸데없이 쌓은
자존심을 비우면

마음을 낮춰야 보이는
세상 사는 모습이 된다

가끔은
너무 가파르지 않은

조금은 느린
모자라듯 살아보자

그 길
그 끝에서

삶은
서사일 수도 있고

인생은
웃음 그득한
희극일 수도 있으니까

밀레의 종

저녁 종이 울리면
들판은 허리를 굽힌다.
하루의 무게를 다 짊어지고도
흙 묻은 손을 모으는 두 사람,

감자 바구니의 아픔을 에둘러
땀과 굶주림을 말하는
상처는 흙 속으로 묻히고,

땅은 많은 것을 앗아갔으나
또 많은 것을 품어 주었기에
그들은 고개를 숙인다
패배가 아니라 견딤의 자세로,

저 멀리 성당의 종소리는
보이지 않는 위안으로
붉게 저무는 하늘을 건너와
메마른 가슴에 내려앉는다

아픔은 저녁빛 속에서
잠시 무릎을 꿇고,

평화는 그 곁에 나란히 서서
아무 말 없이 등을 어루만진다

그리고 긴 겨울의 숨이 걷히면
검은 흙은 연둣빛 맥박으로 뛰고,
얼어붙은 침묵을 깨치며
파리한 얼굴로 새싹은 눈을 뜬다

두 사람의 굽은 어깨 위로
햇살이 가볍게 내려앉아
굳은 손등을 데우는 동안
씨앗은 마침내 어깨를 편다

어제의 눈물까지 봄으로 감춘
여운이 꽃을 피운다

살아야 하니까
환하게 꽃을 피운다

저녁마다
어디선가 종은 다시 울리고
평안을 축복하는 마음으로
잠시 고개를 숙인다

* 밀레의 종은 먼 시대의 그림이 아니라 아직, 끝나지 않은
우리의 저녁이다.

해토(解土)

겨우내 닫아둔 마음의 창에
햇살이 찾아와 환하게 웃는
아침입니다

칼바람을 껴안은 그리움
연둣빛 숨을 쉬며

햇살 한 줌을 쥔 실바람이
나른한 나뭇가지마다
아지랑이 볕을 얹어 줍니다

해토(解土)된 흙살 위로
껍질 채 솟아난 새싹에
귀를 기울이면 낮은 숨결이
안부를 묻습니다

비바람 지나 어깨를 펴는
여리고 여린
수줍은 기척 곁으로
도랑물 소리가 흐릅니다

물빛은 동결에서 풀린
얼음의 기억을
천천히 놓아줍니다

꽃향기가 바람에 실려
마음에 닿는 것은

차가운 마음에도
꽃을 피우는 봄이니까요

그대가 걷는 길 위에도
어제보다 밝은 빛이
내려앉을 설렘이니까요

잊지 마세요

세상의 꽃은 당신 마음에서
기지개를 켜고
숨겨진 씨앗 하나
따뜻이 품을 사랑이 되니까요

4

양승철

2008년 대한문인협회 시 등단
대한문인협회 전 경기지회장
대한문인협회 전 이사

행복

30년 전 잃어버린
황금덩이 찾듯
아직도
여기저기 찾아 헤매는 이도 있고

한여름
소나기 후에
무지개가 피어나기
기다리듯
높은 하늘만 쳐다보는 이도 있고

오늘 밤 어두운 방안에서
탁한 한 줌의 공기를
술잔에 따라 마시며

세월의 찌든 때 가득히 묻은
숨이라도
내뱉을 수 있음에
감사하는 이도 있다.

잃어버린 것들

가끔은 핸드폰
가끔은 그림자

그전에는 동네 술친구
그전에는 첫사랑

언젠간
내 부모도 높은 곳으로 잃어 버렸다.

언젠가
나도 잃어버리겠지.

점

요즘 재수가 별로 없어

점이나 보러갈까

내 운명은 점과 함께

저 하늘의 태양도
저 하늘의 달님도
밤하늘의 별님도

그 모두가 나의
운명의 결정자들

더 중요한
내 운명의 결정자는
길 건너 점집 점쟁이

유리벽

두 손으로
아무리 쳐 내도
깨지지 않는 유리벽

얄팍한 머릿속
생각의 벽은
평생 그 안에서
돌고 또 돈다.

세 살 버릇 여든
뭐, 이 말을 안 꺼내도

유리벽을 깨는 것보다
몇천 배 어려운
얄팍한 머리를 감싸고 있는
생각의 벽

가끔은
나도 모르게
머리를 감싸 쥐게 돼.

5

최평균

2006년 계간 대한문학세계 수필 등단
한국문인협회 영등포와 청양지부 회원.
2013년 시집 『자판기 위의 빈 깡통』
　　　수필집 『어머님은 짜장면이 싫다고 하셨어』
2024년 시조집 『햇귀 한 줌, 갈피끈 되다』 출간

걷다, 뒷짐 지고

겨우 섰던 강현이가
당당하게 걸어간다

'에헴! 이제부턴 내 세상'
뒷짐 지고 걸어간다

'짝짝짝짝'

길가 아기 당단풍 박수치다
손바닥이 버얼게 졌다

안 할 거야

넌 커서 뭐 할 거야
어른이 될 거야
어른이 되어선 뭐 할 거야
아무것도 안 할 거야

철렁 가슴이 내려앉네
저렇게 쉬운 것을
두 살배기도 아는 것을
난 지금껏 못 하고 있네

펀치볼 시래기 덕장

흰 구름 쓸어 올려 말끔해진 대암산 밑
고향 잃은 통일바라기 어언 저리 등 굽었네
어둑발 내리는 무밭, 된바람 설쳐댄다

재두루미 넘나드는 DMZ 윗동네를
목을 빼고 넘겨보다 새파랗게 질린 무청
몸통만 자드락밭에 나뒹구는 늦가을

뜸 잘 들인 오곡밥과 밥상 올라 맛 아우를
구수한 저 남새를 북이라고 외면할까
두 이념 손을 맞잡고 함께 즐길 날 오겠지

산등성이 넘어오는 불바다 엄포 속에
포화 속 피 흘린 땅은 긴장의 끈 더 옥죄네
철책 뒤 다시 친 목책, 펀치볼 시래기 덕장

바램이밭 도라지꽃

먼지가 풀풀 나는 유난스런 봄 가뭄에
갈라지는 이랑 보면 현기증이 절로 나네
바랭이 다투는 풀밭, 까치발 서는 쌍떡잎

은하계와 교신하려 솟대 저리 올리는지
하늘 향해 부지런히 푸른 첨탑 쌓아가네
곁가지 꽃받침마다 내다 거는 위성안테나

풀벌레 고조곤히
꽃잠이 든 묵정밭에

별꽃 곱게 무리질 때
천상 소식 전해오네

어머님
안부를 담고
쏟아지는 별똥별

6

김종순

사)창작문학예술인협의회 정회원
대한문인협회 정회원, 창작과 의식 작가 회장 역임
한국전력공사 문예작품 전국 공모 수필 부문 최우수상
대한문학세계 신인 문학상 수상
지필문학 수필 부문 신인상 수상
월간 한전 시 부문, 격간 "전우회보" 작품 다수 발표
동인 시집 및 공동 시집 『꾼과 쟁이』, 『文藝地平』, 『화숲
人』, 『小路문학』 외 다수 공저
공무원 문학회의 시화전 초대작가

내 곁에 머문 것들

하늘 향해 허리춤에 휘청이는 것들
바람 같은 노래가 그리웠을 것이다

떠나는 곳에서 돌아올 것 없는
고독한 번뇌를 밀어내고
낙엽 한 잎 가슴에 태워 사랑할 수 있으리,

찬 서리에 버림받는 나뭇잎 군상들
바람이 자유 하는 고갯길에 올라
하얀 손끝에 가을 잎 하나 휘날려 보렴

저녁노을 구름이 사랑채 처가 밑까지
할머니의 영혼처럼 스며들어
떠날 수 있는 용기에 뭉클한 것은
애절한 가슴에만 있는 걸까

내 곁에 있는 꽃들이
운명을 점치는 가을에 머물고 있다
떠나야 할 연습조차 밟아서 안 될 낙엽 위로

구름 꽃 한 점 떠나는 길이 아련한 것들이다.

바다 일번지는 친구가 산다

바다 일번지는 친구의 영혼이 산다
갈매기 춤사위에 경이로움이 휘날리고
공허함을 털어내는 바람의 날갯짓은 친구의 손짓이다

포말을 흘리는 고집스러움에는
접안을 위한 시선을 풀고 포효하는 뱃고동 소리에
만남과 이별의 이정표를 가슴에 묻는 기념에서
굳이 멈춤이 없음이다

오색으로 치장한 뱃머리에 서면
눈깔사탕 같은 친구의 영혼은 바다를 닮자던 약속에서
한 조각 파도를 밝히는 등댓불이었다

플라타너스 줄 서 사열에 순응하는 신작로에는
한낮 춘궁春窮을 흘리던 때를 기억하는 굴렁쇠 소리가
이명 속에 잠적했던 탓이어서
낮에 나온 반달을 찾아 떠난 친구의 발자취를 따라
발효된 돌담길에 발가벗은 영혼이 되어
등대처럼 살자 했지

태양 빛에 뜨거움을 흘리던 날이면
데생(dessin)으로 섬陜을 창조하던 친구의 꿈에서
파도의 울음을 얼마나 건져내고 있을까
파도에 젖는 번지만을 기억하기 때문일게야

누리마루의 추억

누리마루를 껴안은 햇살은 사명을 다하기에
도시로 흘러들고 있었다

사랑하고픈 언어를 바다에 흘리면서
밤에만 애무를 누렸을 광안대교에
슬플 만큼 팔색조八色鳥를 찾아 헤맸지

밤새도록 찾아다니던 꿈은 기어이,
그녀를 배신한 것인 양 연민을 흘리면서
스스로 고독을 가득 채웠나 보다

지금쯤 열차는 새벽을 빠져나오기를
한밤을 애원하는 영혼을 지배하는 걸까?

황토 빛깔 동백의 숲 둘레길에 묻힌 추억은
가슴 절여 드는 누리마루의 꿈에 안겨 있었다

춘란 보춘화報春化

청초하게 부활하는 성녀의 모습처럼
차라리 애처로워
목숨 다할 때까지 눈물 한 방울마저
순결하기에 어둠에서 빛난다

새벽녘 눈뜬 여린 꽃 순은
예절 바르게 휘어진 허리 감아 안기고
고개 든 순간부터 치장하려는 성숙함은
음진 곳에서도 유혹을 정숙하게 한다

오로지 풍상에서 지켜온 절개는
자연의 의지에서 고운 운명을 만들고
순수한 선택으로 아름답게 피어나려면
기품氣稟이 움터서 아물 때까지다

7

박목철

한전기술(주)주임기술원(부장)으로 퇴직
대전엑스포 전기에너지관 설계사업책임자
대한문학세계 등단
대한문인협회 회원
대한건강관리사협회 회원
전 대한문인협회 감사
전 대한문학세계 기자
공인 생활스포츠지도사 1급(검도)
공인 건강운동관리사(전 1급생활체육지도자)
전문체육인 출신의 문학인

귀신을 보았다

유교와 귀신,

우리나라는 유교를 국본으로 삼아 통치한 이후 나라가 쪼그라들었고 중국의 변방 번국으로 주저앉았다. 신라는 고구려 백제 패망 이후 당나라를 상대로 국가의 존망을 걸고 7년 여를 싸워 당나라 군사를 몰아냈으며, 고려시대에 들어와서도 거란이나 여진 몽골을 상대로 굽힘이 없이 투쟁하여 자존을 지켜 낸 그리 만만한 나라가 아니었다.

그러던 나라가 중국은 말할 것도 없고, 왜나 여진에 제대로 저항다운 저항도 하지 못하고 백성들이 결딴나는 그런 한심한 나라로 전락한 것은 이성계란 자가 중국을 떠받들며 유교를 숭상. 변변한 상비군 하나 없는 나약한 나라로 연명하다 전쟁 없이 동조동근同祖同根이라는 미명 하에 나라를 일본에 갖다 바치는 지경이 되었다.

우리의 삶을 지배하던 유교적 의식구조 속에 그나마 다행인 것은 유교에 사후 세계관이 없다는 점이다. 다른 나라를 예로 들면 특정 종교의 뿌리가 너무 깊어 국가나 개인이 선택할 여지가 없는 경우가 대부분이다. 사후 세계관이 없는 유교에서는 종교적 맹종이 상대적으로 적고 신에게서 자유롭다는 점이 다행이라면 다행이라 하겠다. 향교나 서

원에 모셔진 공자나 맹자나 이런 이들도 학문적 존경과 본받을 대상이지 신으로 떠받들지는 않는다.

(만약 유교에 종교적 신이 존재했다면 한국은 큰일 날뻔했다)

사람이 죽으면, 삶을 지배하던 혼魂과 백魄이 육신을 떠나 소멸消滅된다고 보는 것이 유교적 생각이다. 거기도 음양陰陽이 작용해 가벼운 양인 혼은 날아올라 사라지고 음인 백은 무거워 가라앉아 주변에 머물다 스러진다고 보는 것이 죽음이다.죽음 이후 시차적 이견異見은 있으나 결국은 소멸하여 사라진다고 본다.

사람은 죽을 때 대개의 경우 자신이 죽을 거라는 것을 미리 알게 마련이다. 나이가 많거나 병을 앓거나 심하게 다쳐서 병석에 눕더라도 자신의 상태를 스스로 가늠하고 더 살기 어렵겠다는 것을 깨닫게 마련이다 이걸 모르고 죽으면 자신이 죽었다는 것을 알지 못하거나 받아들이지 못하게 되어 혼백이 떠나지 못하고 자신이 살던 삶의 주변에 머뭇거리게 되는데, 이를 우리는 귀신이라 칭한다.

엉겅퀴

양평 텃밭 주변에 엉겅퀴가 몇 그루 자라더니 사람 키를 훌쩍 넘게 기세를 떨치며 자색의 꽃망울이 곱게 맺히기 시작했다. 장터에서 할머니들이 엉겅퀴 꽃망울을 팔던 것이 생각나 인터넷으로 조회해 보았다. 여러 효능이 만병통치 수준이고, 한국인이 신줏단지 모시듯 하는 동의보감에도 좋은 약성을 평가하고 있었다.

 이쯤 되면 망설일 것도 없지 않은가, 공구상에서 산 가위로 꽃망울을 싹둑 잘라 바구니에 담았다. 자색은 황제의 색이라 했는데 자색 꽃망울이 이쁘기도 했다. 잘 말려서 차를 끓여 마셔야겠다고 생각하며 바구니에 담아 창고로 쓰는 작은 방, 햇볕이 잘 드는 창가에 고이 모셔 두었다.

 얼마 후, 뭘 가지러 들어간 작은 방에 민들레 꽃씨 비슷한 솜털이 여기저기 붙어 있는 것이 보였다. 자세히 살펴보니 마르라고 바구니에 담아 창가에 둔 엉겅퀴 꽃망울이 활짝 피어 솜털을 날리고 있었다. 분명히 가위로 싹둑 자른 작은 꽃망울이었는데 활짝 부풀려 솜털 뭉치로 변해 있다니, 순간 유교에서 말하는 귀신이 생각났다. 자신이 죽은 것도 모르고 솜털을 부풀려 꽃씨를 날리는 허망함은 유교에서 말하는 귀신이 분명하다. 자신이 죽은 것도 모르는 것을, 허망하다는 이외의 단어로는 달리 마땅한 표현 방법이 없다.

 유교에서는 내세관이 없는 대신 삶의 가치에 무게를 둔다. 부모에게 물려받은 몸에 상처를 내는 것도 불효이고, 더구나 부모보다 먼저 죽는 것은 불효 중에 불효이다. 죽어서 소크라테스가 되는 것보다 산 돼지가 낫다는 막말이 유교적 삶의 애착을 잘 표현하고 있다. 천수를 다 누리고 자손들이 지켜보는 가운데 숨을 거두는 것을 가치 있게 여겼기에 잘 죽는 것들 오복 중에 으뜸가는 복이라고 여기기도 했다. 상대적으로 객지에 나가서 죽으면 객사라 하여 시신을 집안에 들이는 것 조차 꺼리기도 했다. 객지에서 죽었다는 것은 자기 죽음을 예견하지 못했다는 뜻이기도 하니 귀신이 붙을 가능성이 높다고 본 것이다.

삶은 여행길에 잠시 꾼 꿈일 뿐이다.

불교에서는 태어나는 것 자체가 고통이요 삶 자체도 고통이라 한다. 행복도 그런 차원에서는 고통의 일종이다. 다시 태어나지 않는, 윤회의 사슬을 끊는 영원한 무無의 세계로 드는 열반槃涅을 최고의 깨달음이라지 않던가? 하지만 이런 고상한 말들은 다 허상이다. 빨랫감을 뒤적이다 혹 잊었던 만 원짜리 지폐 하나만 나와도 기분이 좋아지는 중생들인데, 하물며 자신이 죽는 것도 모르고 죽는다는 것이 얼마나 받아들이기 어려운 일이겠는가,

크고 작은 사고로 자신이 죽는다는 것을 모르거나, 받아들이기 어려운 안타까운 일들이 자주 발생한다. 유교에서 하는 말대로라면 귀신이 널려야 하는 세상에 우리는 살고 있다.

유명을 달리하신 분들, 세상사는 다 잊으시라! 툭툭 털고 편안한 곳으로 훨훨 떠나시길 바란다. 평소에 믿고 있던 종교가 있다면, 종교가 말하는 최고의 쉼터에 드시기를 바란다.

그대가 머물던 세상은 좋았던 일까지 다 허상에 불과하다.뒤돌아보지 마시고 편히 떠나시라! 터덜거리며 걷던 여

행길에서 마주했던 모든 것들은 한낱 꿈에 불과하다.
 (소운은 믿는 종교가 없습니다. 좋은 교훈에 공감할 뿐입
니다)

귀신을 보았다

소운 박목철

제가 죽은 것은 모르면
살던 삶의 언저리에서
애증의 끈에 놓지 못해 서성이고
이를 일컬어 귀신이라 한다.
엉겅퀴 꽃망울이 몸에 좋다기에
한 움큼 따 양지 녘에 두었다.
며칠 후보니
꽃망울이 활짝, 솜털 씨앗이 풍성하다.
댕강 잘라 분명히 죽었는데,
죽은 걸 모르다니, 후손을 걱정하다니,
엉겅퀴 귀신이다.
태어남이 고행苦行이요
삶이 고통苦痛이라 했는데
무에 인연因緣의 끈이 대단하다고
혼비백산魂飛魄散, 묵은 옷 훌훌 벗듯 떠나지 못하고,
바람 좋은 날 꽃씨를 날렸다.
가슴이 시렸다.
윤회輪廻의 끈을 놓지 못한 집착執着이 아팠다.

8

고현자

대산문학 대표
대산문예출판사 대표
한국문인협회 청소년진흥위원회 위원장

가시를 모르는 그대에게

그대가 스치는 바람이라 말할 때
뿌리 끝에선 어둠이 웃죠
잎새 뒤에 숨은 별들의 침묵
네가 내린 빗방울도 상처로 맺힌다

꽃잎으로 가린 발걸음마다
땅은 조각난 유리 조각을 삼켰다
부드러운 채 흔들린 그 그림자
정작 네 그늘은 가시로 수놓였다

한밤에 스스로 안을 때마다
손바닥에선 달빛 대신 가시가 흘러
차가운 별을 품은 채 자라는 건
아름다움보다 견딤의 이름이었다

감언의 그림자

입술은 꿀을 바르고
눈빛은 별처럼 반짝였다
당신이 원하는 건 단 하나
내 마음의 문을 여는 열쇠

다정한 말 알맞은 미소
아픈 곳을 쓰다듬는 손길까지
그 모든 것이 계산된 연극이었다는 걸
나는 너무 늦게 알았지

목표는 달성되었고 당신은 사라졌다
남겨진 건 텅 빈 신뢰와
감언이 남긴 쓰디쓴 찌꺼기

누군가의 진심을 수단으로 쓰고
책임은 바람처럼 흘려버린다면
그대가 쥔 것은 결코 성공이 아니라
인간의 껍질뿐이리라

달콤한 함정

입가에 맴도는 설탕 열매
그것이 떨어질 땐 썩은 핏빛이 되어
네가 건넨 꿀맛 말 한 모금에
남의 뿌리는 짐승 발톱에 갈기갈기

발밑에 뿌린 은하수의 조각
밟힐 때마다 유리 파편으로 돌아와
네가 그린 미소의 초승달은
이미 누군가의 허리엔 상처로 남았다

향기로 남을 옭아매던 그 손아귀
열매가 떨어진 뒤엔 텅 빈 가지만
네가 남긴 달콤한 재는 바람에 날려
차가운 강바닥의 모래알이 되더라

대답 없는 바람에게

저무는 산등성이를 훑고 간
너의 발자국 소리 나는 아직도 듣고 있어
어찌 그리도 허공을 오래 파헤치며
묻힐 자리조차 남기지 않느냐

이 세상 사랑 하나에 망설이고
빛 한 줌에 젖어 울던 누군가의 심장을
그대 스쳐 가며 느끼긴 했는지

묻는다 휘몰아치던 순간마다
너는 네 속을 보았느냐고
부서지던 꿈들을 기억하느냐고

그래 나는 물어보았다 너 대신 울던 별들에게
그대의 망설임이 사랑이었다면
어쩌다 그리 조용히 모든 것을 놓고 갔는지

돌아보진 않아도 좋다
다만 내 속의 흔들림 하나
너의 등 뒤에 새겨두고 가거라

9

국순정

대한문학세계 시 부문 등단
대한 창작문예대학 졸업
2018 한국을 빛낸 자랑스런 한국인 대상
2019 계간 글벗 글벗문학상 대상
개인 저서 시집 『숨 같은 사람』 외 동인지 다수

상사화의 고백

천 날을 하루같이
그대를 부르다가

붉은 꽃 눈물 되어
가슴에 물들어도

그대 이름으로
하나 되지 못한 아쉬움에

이슬 머금은 채
아니온 듯 스치오니

나 지고 당신 오거든
그대 흔적일랑 남겨 두오

행여 어느 날에, 홀연히
급작스레 지나다가

못 본 듯 스치거든
그대 향기라도 남겨주오

우리 엄마는

우리 엄마는 호랑이가 무섭지 않습니다
안방에 호랑이보다 더 무서운 시어른들을 모셔두고
지게 지고 산으로 향하고 호미 들고 삽 들고
들로 나가야 했습니다

우리 엄마는 쓸개가 없습니다
누르고 참았던 모진 세월
수모의 앙금 덩어리가 극심한 통증으로 남아
미련 없이 던져버리고 웃어 주었습니다

우리 엄마는 죽고 싶어도 죽지 못했습니다
자식을 둘이나 앞세운 죄인이라
통곡조차 할 수 없어 냉가슴에 묻고
죽은 숨을 토해 냅니다

우리 엄마는 바보입니다
따뜻하고 온화한 미소는 그 누가 보았는지 모를
살얼음 같던 청춘의 칼바람
운명의 수레바퀴에 묶인 족쇄를 끝내는 풀지 못하고
돌아온 주인에게 안방을 내어주는

우리 엄마는 허리가 땅을 향해 휘었습니다
눈만 뜨면 논과 밭을 기어다니고
남의 집 일에 딸린 자식 돌보느라
굽어진 허리 펴보질 못하고
고목이 되었습니다

우리 엄마는 나의 통증입니다
엄마를 보는 내 눈은 가시에 찔린 듯 쓰리고
내 가슴은 망치로 맞은 듯합니다

나는 그 아픈 통증을 너무도 사랑합니다

향초

지친 하루 끝에 넌 내 빛이 돼
무거운 세상 속에 넌 나의 쉼터야

네 이름 한 번 불러도 심장이 뛰어
차가운 바람 속에도 넌 내 온기야

나는 너에게 무엇이 될까
네 곁에 늘 머무는 작은 별일까

너의 머리맡에 은은한 향초가 되고 싶어
너의 숨 속에 조용히 스며들고 싶어

네 마음의 구석마다 빛을 비추는
내가 되고 싶어

눈물이 흐를 때도 넌 날 웃게 해
어두운 밤에도 넌 내 길을 밝혀

말하지 않아도 느껴지는 진심
그 따뜻함이 나를 살아가게 해

나는 너에게 무엇이 될까
네 마음을 감싸는 바람이 될까

너의 머리맡에 은은한 향초가 되고 싶어
너의 숨 속에 조용히 스며들고 싶어

네 마음의 구석마다 빛을 비추는
내가 되고 싶어

당신 숨소리

내 아가의
새근새근 잠자는 모습은
세상 그 무엇과도 견줄 수 없는
벅찬 아름다움이었다

오늘
내 어머니의 잠든 모습은
긴 터널을 지나고 나와
굴절된 해를 바라보듯
아리는 애잔함과 간절한 갈망

늘 곁에서 듣고 싶은
조금은 거칠지만
아름다운
당신 숨소리

10

권영분

충북 제천 출생
1999년 계간 뿌리 등단
[저서]
2003년 『그리움 하나 강물에 띄우고』
2010년 『잔치는 시작됐다』
2015년 『하늘 갤러리』

핸드폰

우리는 언제부턴가
이것의 노예가 되었습니다
금은보화가 있어도 소중한 가족이 있어도
볼일이 있으면
자유를 즐기며 다녀오는데
이것을 두고 나가면
다시 들어와 챙겨야만 나가는
소중한 물건이 되었습니다
그 속에 무엇이 들어 있는지
언제부턴가 우리는 이것의 노예가 되었습니다
한시도 손에서 놓지 못하고
던져두면 궁금하고 쥐고 있으면
아무것도 할 수 없고
세 살짜리 아기의 울음도 그치게 하는 능력
우리를 노예로 만드는 일등 소지품
소통할 수 있는 힘
부족한 지식도 채워주는 힘
가고자 하는 곳도 알려 주는 힘
노예로 살지만 잘 다스려서
주인이 되어서 승리하는 삶
지혜롭게 살아갈게요
언제나 사람이 먼저니까요

목련

보고 싶어서 빈 몸뚱이만
바라보았지 얼마나 그립던지

그 우아한 모습 볼 수 없어
기다리는 마음만 애태웠지

찾아올 때가 되어야
만나는 너는 애인 같아
잠깐 왔다가 지고 마는

그 아름다운 모습만 기억하고 싶다
꽃그늘 아래서 그리웠던
마음만 곱게 써서 사랑하는
이에게 봄 편지 띄우고 싶어라

널 애타게 기다리던 순간
널 반갑게 만나본 기쁨
널 아쉽게 보내야 하는 시간
언제 또 너를 볼까 그 아쉬움
너는 언제나 애인 같은 꽃

우아한 자태 그 이름 목련

꽃그늘 아래서 꽃잠이라도 자보고 싶구나
이 봄이 다 가기 전에

햇살이 참 좋다

눈이 부시게 화창한 날.
그대들과 소풍을 갑니다
누가 봄을 초대했을까요
어찌 알고 흙을 밀고 나온
새싹들 산수유 개나리가
노란 옷을 입고
매화가 향기를 풍기고
목련이 자태를 뽐내고
찾아 온 계절이 신기하고
피어난 꽃들이 귀하기만 합니다
춥기만 할까요 겨울이 빚어낸
작품 인생도 그렇지요

춥고 시린 겨울이 가면
봄이 오듯이 아픔이 있으면
기쁨이 오지요 억만금을
주어도 할 수 없는 일
꽃피우고 햇살 뜨는 세상
자연에 감사하며 순응하는 일
햇살이 참 좋다 그 햇살 속에서

나도 꿈틀거립니다
그대들이 있어서 참 좋다
그대들과 함께한 소풍길
꽃길입니다

카페에서

봄 햇살이 좋은 날
백한 살 엄마를 휠체어에 모시고 대형 카페에 갔습니다
따뜻한 차 한 잔과 부드러운 조각 빵을 시켜놓고
엄마와 딸들이 즐깁니다
그 모습을 좋게 보시는 분들도 계시고
부질없다고 보시는 눈길도 있어서
괜스레 손님들 보기에 작아집니다
누구에게나 세월은 지나갑니다
세상의 편견은 접어두고 꽃 피고 잎이 돋아나면
또 모시고 나올 겁니다
봄 햇살이 괜찮다 따뜻하게 품어 주시는 오후 한 때
오늘도 좋은 추억 가슴에 담았습니다
자연을 곁에 두고
좋은 자리를 만들어주신 카페가 있어서
우리 엄마의 소풍길이 되어 주셔서 잘 다녀갑니다
그 힘으로 오늘도 행복합니다

11

김민수

문학시선 문예대학장 역임 · 평론분과 위원장
경찰신문사 경찰방송 공모시 당선 및 표창장 수여
한국문학작가회 제주전라지회장

버스정류장

비 오는 오후,
버스는 오지 않는다

투명한 우산 속에서
사람들은 제각각의 시간표를 들여다본다

발끝이 물웅덩이를 밟을 때마다
기다림이 번진다

나는 그들 사이에서
나를 기다린다

정류장 안내판의 숫자들이
천천히 낡아간다

지나간 버스의 바람이
내 옷깃을 살짝 젖힌다

누구의 이름도 부르지 못한 채
비는 더 깊이 내려앉는다

청소 중

청소는
낡은 먼지가 자기 이야기를
조용히 되감는 일

바닥을 닦다 보면
무릎이 먼저 기억을 한다
누굴 닮았는지
굳이 말하지 않아도 된다

세면대 물결에
혼자 늙는 얼굴이 잠시 흔들리고

버튼식 전화기의 먼지를 털면
어딘가 멀리
끊어진 숨소리가 스치는 듯하다

빨랫줄 아래
떨어지는 물방울 몇 개
지워진 기척들이 가끔
이 집을 드나드는 방식

나는 뒤늦게 배웠다
남겨진 생활도
누군가의 방편이었다는 걸

그래서 오늘은
치우는 손보다
남겨두는 손이 더 바쁘다

리모컨, 사각

리모컨은 눕는 법이 없다
사각 안의 사각,
버려둔 선택들이 날마다 굳어 간다

문득, 허공이 먼저 손을 뻗는다
채널이 바뀌기 전에
내 마음이 먼저 끊어진다

누구의 책임인지
무엇의 체온인지
철학은 가끔 목을 매단다

나는 눕는다
천정의 미세한 먼지들이
유언처럼 반짝일 때면

버튼 하나를 누를 때마다
방 안이 한 대접씩
번져 운다

사각이란
결국, 돌아갈 면이 없다는 뜻

오늘도 리모컨은
내게 한 칸씩 늦가을을 꺼내놓는다

외로움은 낮에 열린다

외로움은 밤보다
낮에 먼저 열린다
그늘이 얇아지는 방향을 따라
슬픔이 서성인다

사람은 낮을 사랑하고
시인은 밤을 간섭한다
둘 사이에 남겨진
작은 틈으로 바람이 드나든다

쓰다 버린 영혼의 조각들이
낮에 더 아프다
빛 아래서만 보이는
상처들이 있으니까

그럼에도,
낮은 때때로 아름다움을 허락한다
사라질 것들을 잠시
붙들어 주는 방식으로

나는 오늘도
낮의 귀퉁이에서
조용히 무너진다

12

김상호

2008년 대한문학세계 시 부문 등단
2009년 동인지 『커피와 비스켓』

낚시

세상을 그려 놓은 저수지 수면 위에
용왕님이 허락해야 한다는 대물 붕어를 기대하며
강태공은 대물과 큰 싸움을 기대하면서
정교하고 예민하게 손놀림으로 준비하네

수면 위에 눈부시게 빛나는 햇살이
강태공의 욕심에 비웃듯이 눈가를 괴롭히며
지루한 기다림 속 한순간도 피할 수 없는 눈은
전쟁에 나온 보초병처럼 미동도 없다.

고향 노을

산봉우리 끝자락에 부끄러운 얼굴빛을 한
붉은 태양이 서서히 모습을 감추면
아궁이 굴뚝에서 피어나는 연기를 등대 삼아
하루의 땔감을 등이게 매고 집으로 향한다

노을빛이 더 붉어지면 누렁이 황소의 밥도
가마솥에서 모락모락 피어나고
커다란 눈망울에 하루의 고단함이
눈물 젖어 눈가에 노을빛이 물든다

서산 끝자락을 붙잡은 노을빛이
하루가 아쉬운지 서산에 길게 늘어지면
보리밥과 된장에 농부의 한 끼가 시작되고
노을빛이 저물면 농부 역시 하루가 저문다

세월의 존재

우체통은 굶주리며 그 자리에 버티고 있는데
세상의 발전으로 쓸모가 없어지고 지워져 간다
세월에 늙어가는 나의 모습처럼

카세트테이프는 아사 직전까지 버티고 있는데
세상의 속도에 밀려 그 누구도 모르는 존재가 되어 간다
나를 기억하는 지인이 하나둘 떠나가는 것처럼

삐삐는 더 이상 자기를 일 못하고 사라지고
세상의 변화에 밀려 더 이상 값어치가 없다
연락할 수 있는 나의 벗이 점점 줄어드는 것처럼

나의 존재는 자식들이 성인이 되어
각자의 둥지에 삶을 살아가는 날까지 존재이다
한 명이라도 나를 기억한다면
그것이 존재의 이유인 것처럼

오만

태초부터 나는 이 자리에 머물렀으며
수많은 시간과 세월을 지켜보면서
조물주의 창조물 탄생과 죽음을 보고
창조물 변화에 감탄하며 지켜보았다

구름이 세상 소식을 전해주며
그렇게 한 백 년을 이 자리를 지키고
바람이 창조물의 소식을 들려주며
그렇게 또 한 백 년을 지켜보았다

수많은 시간의 세월을 걸쳐 내 나이가
수만인지 수천 살인지 잊은 지 오래고
그 오랜 시간 동안 이 자리에 머문 나를
이제는 우뚝 솟아 귀찮은 존재로 생각하는구나

모든 것을 내어주고 품어 주었는데
조물주의 우상이라는 하찮은 인간들이
나의 몸뚱이까지 달라며 마구 자르고 파헤치니
긴 시간을 지켜보는 것도 이젠 너무 피곤하고 힘들구나

13

나병호

한국방송통신대학 국어국문학과
대한 문학세계 작가 등단
계간 한국작가 수필 등단
한국산문 회원, 성남문인협회 이사
한국문인협회 경기도 지회 문인 권익옹호위원
저서 『노벨문학상 후보를 향해』

헬라인을 가르칠 터인가

너희가 나를 찾아도 만나지 못할 터이요 나 있는 곳
에 오지도 못하리라 하신대 이에 유대인들이 서로 묻
되 이 사람이 어디로 가기에 우리가 저를 만나지도 못
하리요 헬라인 중에 흩어져 사는 자들에게로 가서 헬
라인을 가르칠 터인가.(요7:34~35)

유월절이 다가오자, 예수께서는 자신의 사명이 완성될 때
가 가까워졌음을 직감하고 있었다. 그래서 그는 곧 이 세
상에서의 사역을 마치고 하나님께로 돌아가게 될 것임을
암시하듯 말씀하신 것으로 보인다. 그러나 그 뜻을 이해하
지 못한 바리새인들은 예수의 말을 문자 그대로 받아들였
다. 그들은 예수가 이스라엘을 떠나 멀리 헬라 지역으로
가서 그곳 사람들에게 가르침을 전하려는 것으로 오해하였다.
 이 구절을 보면 당시에도 이미 헬라나 로마 등 외국과의
왕래가 있었음을 보여주고 있다. 이미 유대 사회는 로마의
지배 아래 놓여 있었고 헬라 문화와의 접촉은 더 이상 낯
선 일이 아니었다. 지중해 세계에서는 철학과 학문이 교류
되고 있었고, 스승과 제자의 관계 역시 국경을 넘어 형성
되고 있었다. 복음서는 이 시기에 대해 침묵하지만, 그 침

묵이 곧 아무 일도 없었음을 의미하지는 않는다. 그 점에서 우리는 예수의 생애 중 신비로운 공백기 곧 열두 살에서 서른 살 사이의 세월을 새로운 시각으로 조명해 볼 수 있다.

예수는 그 시기에 이집트를 거쳐 로마나 헬라 그리고 페르시아와 인도 지역을 돌아다니며 유대 지역에서는 접할 수 없었던 '새로운 학문과 사상'을 경험하고 수료했을 가능성도 생각해 볼 수 있다.

당시 지중해 지역과 동방의 세계가 상호 교류하고 있었다는 역사적 정황을 고려해 볼 때 전적으로 배제할 수만은 없는 가정이다. 마치 조선시대 때 젊은 선비들이 진취적인 지도자들에 의해 신지식을 얻고자 중국과 서양으로 유학을 떠났듯이, 예수 또한 인류의 보편적 가치와 더 넓고 깊은 사상을 탐구하기 위해 해외로 유학을 떠났을 가능성을 상정해 볼 수 있다. 그렇기에 예수의 가르침은 기존 유대교의 틀을 넘어 보편성과 혁신성을 띠게 된 것이 아닐까.

바리새인들은 그때 예수가 자신들의 핍박과 폭정을 피하기 위해 도피하려 한다고 생각했을 수도 있다. 그리하여 그가 혹 헬라로 도피해 헬라인을 가르칠 것으로 해석하고 있지만, 그들의 말속에서 그 시대의 문화와 시대상이 드러나 보인다.

그때는 이미 이스라엘도 로마의 통치권 안에 있었기에 고립된 유대교만의 세계에서 벗어나 그리스 로마의 문화와 교류하기 시작했을 가능성이 있다. 우리도 조선조 말 신문물에 눈을 떠 유럽으로 유학 가고, 일제 강점기 때는 일본으로 유학 갔으며, 그 후 미국의 영향권 아래 있을 때는 미국으로 유학 가는 것과 같은 현상이다.

 때문에 그들로부터 새로운 사상과 철학이 유대로 흘러들어 왔고, 그 속에서 새로운 창조주에 대한 시각이 싹트고 있었는지도 모른다. 어찌 보면 예수는 그런 입장에서 앞장섰던 젊은 선구자가 아니었을까. 그럼으로써 예수는 유대인들이 그동안 유지해온 유대교만의 사상에서 벗어나, 저들로부터 배운 철학과 새로운 사상을 통해 새 술이라 말할 수 있는 새로운 이념 곧 '새로운 하나님 상'을 도출해 낼 수 있지 않았을까.

 그때 세례요한은 광야로 가서 유대교의 선지자 교육을 받았고, 예수는 이처럼 해외로 돌아다니며 새로운 문화와 철학을 배우고 익힌 뒤 갈릴리로 돌아온 것이다.

 위 본문은 그 같은 운동이 잉태되고 있었다는 사실을 반증한다고 볼 수 있다. 이 복음서 저자인 사도 요한이 '헬라인을 가르칠 것인가'라고 표현한 것은 단순한 지리적 이동이 아니라, 사상의 지평이 넓어지고 있다는 예언적 표현이었는지도 모른다. 그 후 예수의 사상은 유대의 여호와 사상과 외국의 선진 문화와 철학을 함께해 새로운 사상으로 거듭났고, 예수는 그 같은 새로운 사상을 하나님이 자기에게 준 특별한 사명으로 받아들여, 하나님의 땅 이스라엘에 꽃피우고자 썩은 밀알의 길을 가며 스스로를 불사르게 되지 않았을까.

그는 자기의 사상을 새 술 즉 새로운 하나님 뜻이라 보았고, 새 술은 새 부대에 담아야 한다고 주장하며 전도에 나섰다. 더 나아가 예수의 사상은 바울과 같은 전도자를 통해 이스라엘에만 머물지 않고 여러 나라로 확대되어 갔다. 특히 성경은 헬라어를 사용함으로써 세계로 퍼져 나갔고, 서구의 문화와 사상을 새롭게 변화시켰을 뿐만 아니라 정신문화의 견인차가 되어 주었다.

14

문경기

2017년 대한문학세계 시 부문 등단
(사) 창작문화예술인협의회 회원
2019년 한국문학 발전상 수상 외 다수
저서 『별빛 내리는 뜨락』 (2021. 11,)

등대

한적한 외진 언덕에
사시사철 바닷바람 맞으며
어두운 밤바다를 비추는 등대

폭풍우와 혹한을 견디며
험한 길 위에서
조용히 지핀 헌신의 불빛

밀려오는 고통과 외로움 속에서도
따스한 손길로 마음 다독이며
평온한 눈길로 세상을 비추니

세찬 바람과 거친 파도 속에서
배들은 방향을 찾고
사람들은 길을 잃지 않는다

우리 모두
어둠 속의 등대가 되어
흔들리지만 꺼지지 않는 불빛으로
삶을 밝히는 법을 배우네

강물처럼 꽃처럼

푸른 강물은
바위에 부딪히고
부서지며
흘러 흘러서
넓은 바다로 가고

고운 꽃은
눈보라와 비바람을
맞으며
꺾이지 않은 채
피어난다

우리 인생도
고난과 시련의
힘든 역경을 이겨내면
강물처럼 흐르고
꽃처럼 피어나리

고운 별

밤이 깊어
하늘이 고요할 때

수많은 빛 가운데
문득 하나

멀리 있으나
내 마음 가까이

말없이 내려와
잠시 머문다

가득 찼던 생각들
스스로 비워지고

겹겹의 적막 위에
은은한 기운 하나

어둠의 끝에서
나를 붙드는 빛

그대라 부르는
고운 별

물결 위에 남은 빛

바람이 지나간 자리마다
나무는 조금 더 깊어지고

파도가 스쳐 간 물빛 위로
작은 빛 하나 오래 머문다

흔들린다는 것은
무너짐이 아니라

보이지 않는 곳에서
마음이 단단해지는 시간

많이 흔들린 하루였을지라도
당신 안에는
아직 사라지지 않는 빛이 있다

그래서 우리는
오늘도

물결 위에 남은 그 빛처럼
조용히
다시 살아간다.

15

문민희

대한문학세계 시 부문 등단(2008)
[공저] 『커피와 비스킷』(2009)
『봄빛 초대장』 (2011)

믿음의 강가에서

믿음의 강가에서
우리의 교만을
내려놓게 하소서

사람의 힘보다
주의 손을 붙들고
걷게 하소서

두려움의 길 위에서
주님의 손 의지하고
힘을 내게 하소서

은혜의 여정 끝까지
주의 손 잡고
잘 마치게 하소서

선한 목자 되신 주님

그분의 음성을
듣고 따르고 있는가

세상의 소리
사람들의 말을
따라가고 있지는 않는가

주님은
우리의 이름을
하나하나 불러주고 계시는데

아직도
그 부름에
응답하지 않는가

그의 음성을 따르는 삶이
참된 안식과
은혜를 누리는 길

선한 목자 되신 주님,

오늘도
주님과 함께
걸어가게 하소서

채워지지 않는 갈증

채워지지 않는 갈증으로
날마다
물을 찾아다녔다

배우면 사라질까
사람을 많이 알면 사라질까
무엇을 해야
이 갈증이 멈출까

조금 채워지는 듯하다가
다시 비워지는 마음
다시 찾아오는 갈증

어느 날
우물가에서 헤매는 나에게
주께서 말씀하신다

"내가 주는 물을 마셔라"

네가 해결하려고

찾아 헤매지 말고
나의 손을 잡으라

내가 주는 물을 마셔라
값없이 생수를 사 마셔라

영원히 목마르지 않는
생수 되시는
예수 그리스도

돌을 든 손

돌을 들고 서 있는 나에게
주님은
말씀하신다

"죄 없는 자가 먼저 돌로 치라"

나도 너를 정죄하지 않는다
말씀하시는 빛이신 주님

돌을 든 손
너무 부끄러워
주님 앞에 엎드립니다

내 손에 들려 있던 돌을
하나씩 내려놓고
주님 앞에서
용서와 사랑을 배우게 하소서

16

문철호

호 백하(柏下)
시인, 문학박사, 청란여자고등학교 교장
3·8민주의거기념사업회, 한국현대시인협회, 국제계관시인
연합 한국본부, 대전문인총연합회, 대한문인협회 회원

달을 꺾는 사람 · 황진이

달빛이 그녀를 비춘 것이 아니라
그녀가 달을 꺾어 머리에 꽂았다
밤은 그 아래에서만 깊어졌고
바람은 문밖에서 숨을 고르곤 했다

말 한마디 놓이면 등불이 숨을 죽였고
웃음 한 번 번지면 술잔이 기울었다
사랑이 오면 물러서지 않았고
떠나는 등 뒤도 붙잡지 않았다

한 사내의 마음은 그녀를 다 담지 못했고
그녀의 눈은 늘 먼 산을 넘었다
시 한 수를 남겨 두고도
먼 길을 먼저 바라보는 사람이었다

세상이 기생이라 이름 붙여도
그녀는 자신을 낮추지 않았다
사랑을 고른 것도 그녀였고
돌아서는 순간까지 그녀의 것이었다

그 이름을 부르면 · 홍랑

그는 늘 한 걸음 뒤에 서 있었다
등잔불이 닿지 않는 자리에서
웃음은 비단처럼 고왔으나
두 손엔 온기가 머물지 않았다

사랑은 허락보다 먼저 와
신분의 문턱에 이마를 부딪쳤다
돌아서야 한다는 걸 알면서도
목울대에 걸린 이름은 끝내 삼켜지지 않았다

단 한 번
이름 없이 안기고 싶었다
비단 치마를 벗어 두고
그저 한 사람의 체온이 되고 싶었다

그가 떠난 뒤에도 세상은 흘렀고
등잔 심지만 짧아져 갔다
바람이 문틈을 스칠 때마다
부르지 못한 이름이 먼저 젖었다

매화 그림자 아래 · 이매창

붓을 들면 바람이 멎었다
먹빛은 천천히 번져
말로 부르지 못한 이름을
종이 위에 붙들어 두었다

그리움은 소리 내지 않았다
매화 한 송이처럼
겨울의 가장자리를 건넜다

사랑은 먼 별처럼
닿지 않아도 빛은 스며들었고
한 수를 마칠 때마다
마음은 다시 처음으로 돌아섰다

세상이 등을 돌린 자리에서도
그녀는 붓을 놓지 않았다
울음 대신 남겨 둔 행간에서
그 사람의 숨이 조용히 살아났다

강물보다 깊은 것 · 논개

치마 끝에 바람이 스쳤다
웃음은 평소보다 낮았고
강물은 아무 일 없다는 듯
어둠을 끌어안고 흘렀다

손을 내미는 순간
그것이 마지막임을 알았으나
그녀의 눈빛은 흔들리지 않았다
이미 돌아설 길은 강물에 지워져 있었고

별빛이 강 위에 부서지고
밤은 술기운에 젖어 있었으나
한 사람의 결심만은 또렷하여
물결조차 숨을 죽였다

물은 차갑게 닫혔다
그 아래로 아무 말도 남지 않았다
별빛만 잠시 흔들렸다
그리고 밤은 깊어졌다

17

박미향

대한문학세계 등단
대한문인협회
수원문인협회
청일문학협회
시서울 월간 문학회
시서울 시서울 낭송회

내 이름

순수한 야생화꽃이다
자연을 사랑하며 자연을 즐기며
건강 에너지를 찾는 곳
계절 따라 변하는 향기에 취해
마음도 시시때때로 편해지며
어르신 공경하며 살고
어느 곳이든 순수로 물들이고
어느 곳이든 향기로 꽃 피우고
웃음을 치료하는 삶 속에
이름처럼 향기롭고 취하며
향기를 닮아가고 싶다.

미용실

다듬고 자르고 물들이며
꼬불꼬불 꽈배기처럼 만들고
뜨거운 열기로 감싸주며
자연의 미가 한층 더 업되는 순간
아름다움의 모습은 절정

눈부시게 달라져 가는 모습
세월의 기운에 향기를 더하며
염색하고 탈색하며
흰머리 검은 머리 파 뿌리
이쁜 모습 뿜뿜 가득하여라.

에너지

싱싱한 채소를 가꾸듯
활력이 넘치는 일
건강은 모든 활동의 근본
아프지 않고 일생을 살고
넉넉한 생활 속에 모자람 없이
깊은 맛을 우려내는 청국장
구수한 삶의 지혜
우리 모두의 바람이다.

정답은 없다

누구에게나 삶의 진실이 있을까

살아가는 동안 거짓과 진실
무엇을 의미하는 것일까

나랏일 하시는 의원님
공부를 가르치는 선생님
법을 좋아하는 검사 변호사 판사님
보잘 것 없이 살아가는 서민

우리 모두 삶은 하루 세끼인데
서로 잘살아보려고 아옹다옹
사람마다 삶의 진실은 어디인가

부자이거나 가난하거나
타고난 팔자가 진실인지
노력의 대가도 있을 것이고
가지고 태어난 복도 있을 것이다

타고난 운명의 정체

온 세상 사람들의 우상은 어디
한세상 살다 가는 100세의 삶
서로 부대끼며 건강하게 살다
생이 다하는 그날

누구나 가장 행복한 삶이 답
아름다운 세상 즐기면서
인생 다하는 날까지 아프지 말고
건강한 마음이면 좋겠다.

18

박종순

1955년 춘천 출생
계간 대한문학세계 시 부문 등단

뿌리의 전설

삼베적삼 사이로
바람이 숭숭
휘감아 돌아도
여름은 땀에 절은
구릿빛이었다
검정고무신 조각으로
구멍 난 손수레
바퀴를 때워야 하는
쇠심줄
양잿물에 푹푹 삶아
방망이로 두들긴
빛바랜 세월
바지랑대 높이
빨랫줄에 걸려있다
고난은 아리랑
담배 연기 속에
사라지고
주름은 더 깊게
나이테 그려놓고
하회탈이 되었다.

춘천

바다에 닿지 않아도
괜찮아
물길 거슬러
어머니 빨래터
실개천에
쉬어가고 싶다
시냇가에
고무신 한 짝
어디쯤
흐르고 있는지
허기진 그 소년
봄 언덕
버들피리 소리
바다에 닿지 않아도
괜찮아
붉은 저녁노을
호수에
머물고 싶다.

명성산

해 뉘엿뉘엿
산마루
넘는 고갯길
한 줄기 빛 따라
눈이 부시다
풍경에 취하고
막걸리에 취하고
어제 본 듯
선한데
나도
억새꽃
하얀 머리 위로
노을이 진다.

God's Prayer

The way of the wind and
the clouds are God's way

A typhoon won't stop me
Just as the snow melts and
the frozen ground thaws
for spring to arrive.
All are God's way.

I am sitting in the shade
of a tree under the hot sun,
wipe off the sweat.

A ray of light shining
though the flowing clouds
Silent, shining stars
In the dark sky
Shepherd's purse that
overcomes the cold winter and blooms.
God's prayers are always with me.

The world is the way of God
Do not fear
Walking with God.

19

서현숙

경북 영주 출생, 경기 수원 광교신도시 거주
동국대학교 아동학(문학사) 학위
대한문인협회 경기지회 정회원
대한문학세계 詩 부문 등단
대한문인협회 운영 위원장 역임
(현) 시몽시인협회 부회장
[수상] 대한문학세계 신인문학상 수상
(사)창작문학예술인 금상 수상
한국문학올해의 우수작품상, 최우수작품상 수상
[저서] 제1시집 『들향기 피면』 (2013)
제2시집 『오월은 간다』 (2021)
제3시집 『가시랑 비』 (2024)
공저 『名人名詩』 『특선시인선』 외 다수

노란꽃 만나다

꽃샘추위가 기승부려도
햇살이 품어 안으니
꽃은 피고 새는 노래한다

숱한 아픔, 불의에 저항하고
몸부림치던 들녘에는
어느새 피어오른 봉우리

아픈 시련이 길을 막아도
향기는 바람 타고
고통을 이기며 우뚝 서는구나!

이른 봄 오는 길목에서
산책길에 만난 너
노란 옷이 곱고 사랑스럽구나!

매화꽃 향기

봄이 오는 길목에는
그리움만 쌓이고
눈바람 이겨낸 강인한 그대

애처로운 몸으로 피어나
온유한 마음 녹여
향기 전하는 당신이 좋다

우린 어떤 인연이기에
그리움 조각조각
풀빛으로 물든 사랑인가

마을 입구에는 홍매화
그대 닮아 어여쁘고
내 마음 온통 그대뿐입니다.

야카시아 피는 길

산등성 지나 올레길
어느새 피었는가
아카시아 하얗게 웃네

그윽한 향기 품어 안으며
주저리주저리 매달린
달콤한 꿀이 감사이어라

초록이 짙은 비 내리는 산
하늘하늘 피어
바람에 흩날리고

그 길 따라 기쁨 주고받는
그대 나의 사랑
행복한 삶의 동행이어라

장맛은

항아리 속의 간장
반짝이는 결정체 보석 같다

이른 봄에 씨앗 심고
콩밭 매고 가꾸며
길가 돌 틈 사이 햇살에 익어

가을걷이하여 메주 쓰고
농도 맞춘 소금물
이른 봄 장 담그고 기다리는

그 기다림의 미학은
우리에게 깊은 교훈을 주고

옛 조상 지혜가 돋보이는
장맛은 아름다워라
가가호호 집안 전통이다.

20

엄도열

아호 미공美共

2011년 1월 (사) 대한문학세계 시 '종자'로 등단

    (전) 대한문학세계 강원 지회장

    (현) 대한문인협회, 동강문학회, 예인문학 정회원

공저 2012년 13년 대한문학세계 명시명인 특선시인전

    2012년 동강에 뜨는 별 12집~24집

    2012년~2025년 노루목에 부는 바람 엔솔로지

        뿌리나라 봄빛 초대장 공저

    2014년 아세아 문학 가을호 공저

    2017년~2025년 예인문학 봄호. 가을호 공저

저서 『인생은 만물상이다』

초보자가 걸어가는 길

오늘 걷는 길이
어제 걸었던 길이 아니듯
어제의 삶이 다르고
오늘의 삶이 다르건만
사람들은 매일 반복되는 삶이
똑같다고 말을 한다

어제 보았던 자연의 풍경이 다르고
어제 보았던 아내의 얼굴이 다르고
어제 보았던 내 모습이 아닐진대
미묘한 작은 변화를 느끼지 못하고
변한 게 없다고 말을 한다

매일 변화하는 삶 속에 잊혀가는
그리움이 쌓일지라도
오늘이란 현실 앞에
초보자가 걸어가는 길은 언제나
위태위태하다

어머니가 그리운 날

어머니의 손맛이 그립습니다
강남 간 제비
돌아오는 삼월 삼짇날
장 담그는 날이라 하여
장을 담그셨지요

항아리 깊숙이 담긴
고추장 된장은
여름날의 햇살에 익어갔습니다

겨울이 찾아오면
어머니는 김장을 하여
김장독에 묻어 두셨습니다

어머니의 손맛은
언제나
뚝배기에 담겨
김치찌개가 되고
된장찌개가 되어
화롯불 위에서 보글보글

끓어 넘치고 있었습니다.

그것은
어머니의 향기
사랑 꽃이었습니다.
오늘은 어머니 손맛이
그리운 날입니다

가슴에 품은 사랑

아직 난 당신에
그리움이 남아 있어요
매년 손을 맞잡고 함께
걸어왔던 그 길은 추억 속
길이 되어 버렸습니다

아직 내겐 당신과 가슴을
맞대고 누웠던 그 젊은 시절
사랑도 외로움도 그리움도
추억이 되어버렸네요

당신의 가슴에서 타오르는
뜨거운 열정으로 나누던 삶이
사랑이었나 봐요

당신이 내게 준 사랑은
삶을 지탱하는 힘의 원천인
옹달샘이었습니다

아직 남아있는 작은 사랑을

가슴으로 품고 사랑을 전하며
나누고 떠나갈래요

세월의 늪

뚝 뚝 떨어지는
낙엽 한 잎 덮고
나이 한 장을 덮은
늙은 아비
가슴이 철렁 내려앉는다

언제 떨어질지 모르는
삶 속에서도 아직 채색하지
못한 여백의 공간을 스치는
바람 소리를 듣는다

여름날의 가벼웠던 옷차림에
살갗을 스치고 지나가는
겨울바람은 옷차림을
무겁게 만든다

내 인생의 무게를 달듯이

21

염경희

대한문학세계 시, 수필, 동시 등단
[수상] 한국문학 베스트셀러 작가상, 한국문학 최우수 작
품상, 한국문학 우수 작사가상, 순우리말 글짓기 금상, 짧
은 글짓기 금상, 신춘문학 금상 외 다수
[저서] 시집 『별을 따다』, 『또, 하나의 별을 따다』
수필집 『청춘아! 쉬어가렴』 2쇄 출판

미지의 삶

몸에 익은 밥그릇 놓고 새 밥그릇 찾아
돌다리 건너듯 조심조심
새로운 곳의 문을 두드렸다

갖은 풍파 이겨내고 키워낸
인생이란 나무에는
아직도 못다 피운 꽃망울이 남았기에
활짝 터트리고 싶다

돌아갈 수도, 멈출 수도 없었던 외길
묵묵히 걸어와 고지에 올랐는데
두려움에 발목을 잡혀 주저앉을 수는 없는 일

구들장 박차고 훨훨 날아
손끝의 향기로 이방인과 정을 나누며
되찾은 밥그릇에 행복의 씨앗을 뿌리니
아지랑이 숨결에 새싹이 돋아나듯
미지의 삶에 햇살 한줄기 스며든다

툭 툭 털어 버려

이제는 모든 것을 내려놓자
이제는 후회도 하지 말자

그동안 거침없이 달려온
지난날에 머물지 말고,
오롯이 나 자신을 사랑하는
삶을 가꾸어 보자

고민도 후회도 하지 말고
툭 툭 털어버리자

내려놓아야
새로운 시작을 할 수 있으니까
두 주먹 풀고 빈 손바닥에
새 그림을 그려보는 것도 괜찮아

별을 따다

한길 외길 인생
돌고 돌아 강산을 세 바퀴 돌았다
밤하늘 별들 바라보며
쓸어내린 가슴은 얼마던가

우물을 파도 한 우물을 파라는 말
그래야 샘이 솟는다는 속담처럼
천직이라 여기고 솥뚜껑에
정성으로 기름칠을 했더니 별이 쏟아진다

인내하며 지낸 날들이 별이 되었다
외길 인생 종착역에서 울리는 기적소리는
묵은 체증을 뚫어주는 팡파르

묵묵히 타고 온 열차에서 내릴 즈음엔
늘 그 자리에서 빛나는 북두칠성처럼
작은 별들을 지켜주는 큰 별이 되고 싶다
이제 황혼 역 환승 시간이 가까워진다

밭어버이 그리운 날

얄망스러운 여름날 아침이다
밤새도록 우레를 앞세워
달구비가 내리더니 사들사들해진다

서먹한 마음이 들었을까
햇살이 잠깐 얼굴을 내밀었다
사리사리한 안개 틈새 비집고
밭어버이 환하게 웃고 계신다

한때
밭어버이 한창일 때는
비 오는 날이면 무릎 베고
흥얼거리는 소리에 스르르 잠이 들었다

먼발치로 보이는
구부정한 어르신을 보니
된 길 걸어온 서러움이 복받쳐
밭어버이가 아주 그리운 날이다.

22

이원술

2017년 현대문학사조 등단
현 가곡 가요 작사가

태백산

장중한 한반도의 척추 태백산아
골골이 깊은 사연 씻어 내린다
억겁의 세월 견딘 굳센 어깨여
묵묵히 버틴 산등성이 무성하다
겨레의 한숨 이 강토의 노래
굽이굽이 흘러 동해로 가느냐
민족의 넋을 품은 태백아 태백아
한 맺힌 역사마다 고갯마루 눈물 되어라
갈 수 없는 분단 넘어 너도 잘 있느냐
새 희망을 품으리라 영원불멸의
태백아 태백산아
태백아 태백아 태백아 태백산아

물돌이동

섶다리 건너 건너 감자밭 돌 길
돌고 돌아 가는 물길 옛 그대로라
흰 구름 내려앉은 감자꽃도 그대로라
켜켜이 때 묻은 기왓장 아버지 집
임자 잃은 툇마루 그 모습 쓸쓸하다
물돌이동 아 물돌이동
흘러가는 너만은 욕심없구나
무엇을 찾아 헤매다 빈손으로 다시 왔던가
물돌이동 아 물돌이동 말없이 가는 물돌이동
함지박 쌀 씻은 소리 어디 갔나 어디 갔나 어디 갔나

절규

무엇을 찾아 나 이곳에 왔던가
무엇을 찾아 나 여기 왔던가
정착하지 못한 방황의 나날들
삶의 피박한 욕망의 땅에는
탐욕이 빈발하고 아우성 뿐이었다
온통 암흑 속 무엇을 위해 사는가
삶과 죽음의 공포 짓눌린 사람들
인간의 본질 망각한 채
적과의 일부가 된 연명이었나
잃어진 시랑 욕망의 그늘 아래
희망은 사라져 가고
내가 아닌 나를 끌고 오늘도 살아 내야해
인간의 탐욕은 어디 까질까
처절히 싸워낸 승자는 누구일까
고독한 절규 절규 절규

열무김치

풀등 너머 저 들녘 그 무슨 바람이 부나
하얀 찔레꽃 덤불은 하늘거려요
열무김치 버무릴 때마다
고춧물이 발갛게 물든 손
님은 어디로 가고 왜 아니 보이오
저 수풀 넘어 구름산에 잠 들었나요
가시는 길 돌부리에 걸리셨나요
스산한 바람결에 풀 벌레 벗하다가
갈잎이 사그라져 누울 때쯤
울지 말고 하늘을 봐요
나 거기 있을게요
나 거기 있을게요
나 거기 있을게요

23

이정관

E-mail // lee2522jk@naver.com
010-6769-5385
[수상] 2022년 부산 협성문화재단 주최
제7회 NEW BOOK 프로젝트 당선작
〈택시 작은 공간 넓은 이야기〉 에세이 출간
[저서]
2018년 『굴렁쇠의 단상』 에세이 출간
2018년 『아직도 남은 이야기』 시집 출간
2022년 『택시 작은 공간 넓은 이야기』 출간
2026년 『겨울나무는 봄을 기다리는데 』성시집 출간

살바람

겨울이 변덕 부릴수록
봄이 더 반갑기에
햇살 포식한 한낮에
느린 걸음 재촉해 우이천에 섰다

낙엽 틈
가장 낮은 곳에서
마른 가지 끝
가장 약한 곳에서
초록 신호등이 반짝인다

남루한 겨울 햇살 아래
스러지는 눈꽃처럼
겨우내 굳었던 마음
물비늘 위로 다 흩어버렸다

봄은 아직인데
고삘만 슬쩍 놓고
멀찌감치 달아난
살바람만 여유롭구나

꿈

칠흑에 갇혀서도
꽃잎은 날개를 펴는,
하늘 한번 스치고 싶은
홀씨도 날개를 펴는,
꿈을 이룬다

믿음 하나로
마음의 날개를 펴다가도
감정의 물결에 젖어
쉽게 날개를 접기도 한다

그래도
후회 없도록
작은 꿈일지라도
도전하는 게 사람이다

끝내 날아보려는 것은
바로
나이기에 꾸는 꿈이다

삼월 북한산

그을린 벗나무 밑동
하얀 꽃 소복이 앉았어도

마른 가지마다
은빛 숨결 번지면서
잉태를 꿈꾸는 삼월

더딘 봄 걸음이어도
꽃이 먼저 그대 이름을 부르는 건

이 모두
외로워서일까요
그리워서일까요

낮달의 흰 그리움
인수봉 잔 구름처럼 번질 때

잿빛 벗고 돋는
연초록 몽우리는 그대 마음인가요

줏대

가로등 아래
하고픈 날갯짓으로
하루를 다 써버리는
하루살이 삶

빌붙은 나무
아니꼬운 햇살 안고
며칠 노래 부르겠다는
매미의 삶

피었다가 꺾일지라도
가시든 향기든
드러내 웃고 싶다는
꽃들의 삶

한 갑자 살며
무딘 연필만 만지작거리다
남은 줏대로 긁적여보는
나만의 삶

24

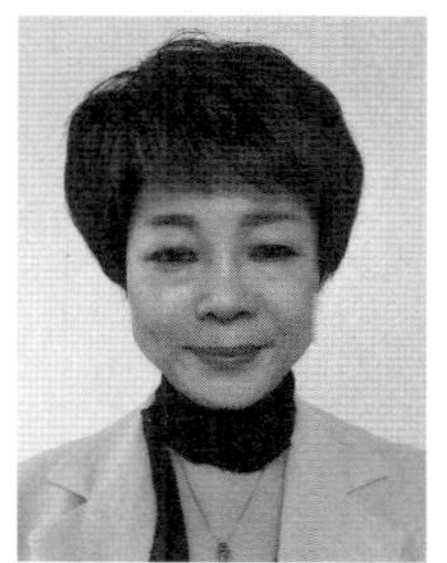

이현자

대한문학세계 시 부문 등단

[공저] 대한창작문예대학 동인지 『시가 열리는 나무』
　　　　대한문인협회 경기지회 동인지 『별빛 드는 창』

[수상] 향토문학상, 졸업작품 경연 동상

바램은 바람 같은 거

노을 짙은 아침과 마주할 때
내려다보이는 창가 바라보며
켜켜이 쌓였던 그리움에 젖는다
당신이 가슴속에서 지지 않고
점 하나로 남겨진 사연
설렘 가슴에 별 하나로
동그라미 그리며 부풀어 오르는 사연
속에는 오랫동안 옆에 있어 주기를 바라던
바램은 바람 같은 거였다
가슴속 일렁이는 사연들이 주마등처럼
스칠 때마다 당신을 사랑했었노라고
노을에 전해 보고 싶다.

잠깐 내려놓았는데도

그리움은 그 사람이 아니면
대신 채울 수가 없는 것처럼
잠깐 놓았는데도
내 곁에 머물고 있는 당신이
진짜 내 사랑이더라
사랑이 담긴 고생에
사랑 있는 고생의 행복에
나의 선택이 허무함으로
남는다 해도 난 후회하지 않을
정서에 살포시 쓰담 쓰담
흰 설경 사이의 동백꽃
향내음 맡으며 걷는 발걸음에
가득 쌓여가는 꽃길 인생이리.

내 마음 따라서

물처럼 유연하게
살아가려고 마음으로 애쓴다
누군가를 마음에 담는다는 건 때론
고문처럼 아프기도 하기에
내려놓고 돌아서고 뒤돌아봐도
다시 바람처럼 가슴에 와 안기는
이 여여한 마음
영역이 없는 들판에 선 듯
갈대밭에 바람일 듯
추슬러지지 못한 내 마음을 오늘은
따라가 보고 싶다
뭉뚱그려 뜨겁게 아픈지를.

살며 생각하며

동풍을 맞으며 길을 나서니
금계 꽃 꽃잎들은 바람에 나부끼며 떨어지고
틈새로 풀잎들은 무성하다
폭염으로 지친 날씨 위로
비가 한줄기 지나가는데
안부를 묻는 이 없어도
휴게소 끝자락 의자에 앉아 지나간 흔적을
매만져 본다
짝을 지어 나는 기러기 떼 바라보다
행복 가득했던 기운 지난날과 다름을
서풍 바람에 실려 보낸다

25

임재화

부산대학교 산업대학원 기계공학과 졸업(공학 석사)
(사) 창작문학예술인 협의회 회원, 대한문인협회 정회원
한국 가곡 작사가 협회 이사, 글벗문학회 이사, 한국 음악
저작권 협회 회원
한국 문학 공로상 수상, 베스트셀러 작가상 2회 수상
한국문학 예술인 금상 2회 수상 外 다수 수상
대표 가곡 작사 : 각시붓꽃 外 다수 작사
대표 동요 작사 : 뭉게구름 外 다수 작사
[저서]
제1시집　『대숲에서』
제2시집　『들국화 연가』
제3시집　 『그대의 향기』　출간

들국화 연가

먼 산자락 저만치서
휘하고 달려오는 가을바람이
살며시 나뭇잎 어루만질 때

이제 떠나도 여한이 없는
빛고운 단풍 잎사귀
서늘한 바람 앞에 몸을 맡기고

하나둘 낙엽 되어서 떨어져
맑게 흐르는 계곡 물 벗 삼아
정처 없이 두둥실 떠나갑니다

저만치서 달려오는
소슬한 가을바람이 살그머니
들국화 꽃을 스쳐 지날 때

차츰 깊어 가는 가을날
온 누리에 그윽한
들국화 꽃향기 가득합니다

대숲에서

대숲에 바람이 찾아와
변함없는 절개를 시험하고
솔숲에는 청정한 마음이
자리 잡고 있습니다.

하얀 돌 틈 사이로
졸졸 흐르는 시냇물을 바라보며
이마에 흐르는 땀을 식히고 있노라면

어느덧 버거운 삶에 지친 영혼을 추스르고
또다시 힘차게 도전할 수 있는
용기가 샘솟습니다

언제나 푸른 대숲에는
늘 여유로운 정과 마음이 있고
살랑살랑 부는 바람에
댓가지가 조용히 흔들립니다.

조막만 한 참새들의 보금자리는
언제나 대숲을 정겹게 만들고

늘 푸른 색깔은 이웃한 솔숲과 화합하여
버거운 삶에 지친 마음에도
빙그레 웃음 찾아들게 한답니다

빛 고운 다기茶器

하얀 빛고운 다기를
가만히 쳐다만 보아도
오염되었던 마음이 맑아지네요.

하얀 순백색 다기에
매화 그림이 다소곳이 두 손을 모으고
그냥 아무런 말이 없어도
은은한 차의 향기가 모락모락 다가옵니다.

흐르지 않는 세월이 없고
변하지 않는 것은 하나 없어도
언제나 순백색 다기에 담긴
맑고 고운 차 향기처럼

세속에 오염된 마음을 보듬어 주고
고요한 부동심不動心의 경지를
말없이 보여줍니다.

저 하얗게 빛나는 순백색
고운 다기의 은은한 자태에

도저히 어찌할 바 몰라

순간 오염이 정화되어
맑고 순수한 속내가
빨간 석류처럼 톡 터져 나오려 하네요.

운문사雲門寺

안개 자욱한 대가람
호거산虎踞山 운문사雲門寺
아름드리 전나무도
잠에 취해 있다.

너른 법당 뜨락은
먼지 하나도 없이
너무나 정갈하다.

자락 내리며
가만히 어깨를 누르는 안개비 속에
운문사雲門寺는
조용히 참선에 들었다.

* 운문사 : 경북 청도군에 있는 큰 사찰의 이름

26

전선희

대한문학세계 시, 수필 부문 등단
(사)창작문학예술인 협의회 정회원
대한시낭송가협회정회원
대한문인협회 경기지회 지회장
[저서]
제1집 『희망풍경』
제2집 『삶의 아름다운 풍경』
수필집 『내가 만난 모든 풍경은 행복이었다』

빛으로 그린 풍경

햇살이 닿는 자리에는
따뜻한 결이 남는다
창가에 번지던 아침빛
나무 사이로 스미던 오후
하루 끝에 붉어지던 석양
나는 그 빛 속을
조용히 걸어왔다

아이들 웃음 번지던 마당
새벽 부엌에 아침을 밝히던 손길
눈부시게 평범했던 날들
시간은 그 장면들을
하나의 풍경으로 세워 두었다

상처의 밤에도
그리움의 길목에도
작은 빛 하나
끝내 나를 놓지 않았다

그래서 나는 안다
내가 지나온 삶이
빛이었다는 것을

문득, 길 위에서

길을 걷다가
문득 멈춘다
바람이 지나가고
낙엽 하나
발끝에서 가볍게 뒤집힌다

나는 잠시
그 자리에 서서
내가 걸어온 날들을 생각한다
어디에서 시작되었는지
어디로 가고 있는지
분명히 알 수는 없지만

수많은 시간들이
나를 여기까지 데려왔다는 것
그리고 지금도 보이지 않는 길이
조용히 앞으로 이어지고 있다는 것

그래서 나는
다시 걸음을 옮긴다

길이 있어서 걷는 것이 아니라
걸어가며 길이 되는 것처럼
삶도 그렇게 이어지고 있었다

시간의 강가에서

어느 날 문득
나는 강가에 서 있는 사람처럼
내가 걸어온 시간들을
멀리서 바라보게 된다
처음에는 아주 작은 물결이었을 날들
기쁨도 있었고 슬픔도 있었고
이름 붙일 수 없는 수많은 순간들이
물결처럼 지나가고 있었다

그때는 몰랐지만
돌에 부딪히며 흐르던 시간도
돌아서 가야 했던 날들도
모두 이 강을 만들고 있었다

그래서 지금
조용히 흐르는 물을 바라보면
나는 안다
삶이란 무언가를 붙잡는 일이 아니라
흘러온 시간들을
가만히 받아들이는 일이라는 것을

강은 아무 말 없이 앞으로 흘러가고
나는 그 곁에서 잠시 서서
지나온 날들이
이렇게 깊은 물이 되었음을
조용히 손으로 만져 본다.

빈 의자

저녁이 내려오면
마당 끝에 놓인
빈 의자 하나가
먼저 어둠을 맞는다

하루 동안 햇빛이 머물렀던 자리
바람이 지나가고
낙엽 하나
의자 다리 곁에 조용히 멈춘다

누군가 잠시 앉았다 일어났을
따뜻한 시간들
말없이 지나간 수많은 이야기들이
아직 나뭇결 속에 남아 있는 것처럼

사람의 삶에도 이와 같은 의자가 있어
지나간 날들이 조용히 앉아 있다가
어느 날 저녁처럼
다시 기억 속으로 돌아간다.

27

정해경

대한문학세계 시 부문 등단(2008)

[공저] 커피와 비스켓(2009)

봄빛 초대장(2011)

단비

까만 눈망울에 하얗고 예뻤던
나의 단비야 작은 솜
뭉치로 내게 온 지 17년
푸른 계절 꽃밭도 뛰어다니고
낙엽 지는 찬란한 가을도 누비고
눈 내리는 겨울을 달리던 나의 단비야
그 빛나던 눈망울이 이젠
하얀 진주가 되었구나
보지도 듣지도 못하는 너의 낯선
시간을 어찌할까
그런 너를 살포시 품에 안으면
자꾸 내려놓으라 바둥거리는구나
너의 세상을 조금씩 잃어가는
설움에 정을 떼려는 건지
나는 그저 섭섭하고 애잔하구나
그럼에도 사랑하고 또 사랑한다
나의 예쁜 단비야

봄 오는 소리

달그림자 사라져간 미명에
살포시 불어온 바람의 향기

만물이 약동하는 자연의 합창에
잠자던 세상이 눈을 비빈다

바람에게 길을 물어 봄 향기 찾아드니
몽실몽실 맺혀가는 꽃망울의 행진들

힘차게 솟아오른 눈부신 햇살에
수줍은 듯 꽃망울은 미소처럼 피어난다

오월

오월의 따스함 산비탈에 머물제

어여쁜 진달래는
방긋이 미소 짓고

능수버들 푸른 잎새
시냇가에 드리우면

풀 내음 꽃 향기는
물 위에 맴돈다

자화상

새로운 하루를 시작하기 위해
오늘도 거울을 마주한 아침

그 속에 비친 내 모습에 늘 엇갈리는 희비.
거울 속 홍안의 소녀는 어딜 가고
잔잔히 주름진 모습을 한 중년의 여인아

전쟁 같은 삶의 흔적을 대신한 주름 위로
결코 진하지 않게 화장을 시작해 본다.

늙어짐을 감추기 위한 위선은 아니다
내가 살아온 삶과 내 인생에 대한
예의를 지키려는 것일 뿐이지

28

조동선

雅號 노을, 詩人. 隨筆作家,
충북 沃川출생
행정사, 명예 문학박사
한국예술인복지재단 (문학) 예술활동
(社)한국문인협회 정책개발위원회 위원
한국노벨재단 노벨문학 경기지회장
시인의 바다 회장 外 다수

유채꽃 축제

소싯적 푸른빛 산천의 향기
주마등처럼 지나간
추억의 풍광風光
옥천沃川 축제의 한마당

강마을 추억의 향기 가득
물멍의 세월을 뒤로하고
새 생명 관광 명소로
급부상急浮上 만인을 반긴다

금강에 비친 꽃들의 향연
바람 타고 춤을 추며
유혹의 하모니 향기에 취해
전국에서 날아오고

금강 수변 친수공원 축제장
쾌활한 노랭이떼
모두에게 희망 가득
행복의 축전을 전합니다.

허리 굽은 소나무

모진 풍파 허리 굽은 인생
자연과 조화를 이루며
살아온 수채화 호수에 잎들
잔잔한 가슴에 담습니다

확 트인 둘레길 바람이 불어와
뿌리는 깊게 내리고
산고의 아픔은 세상을 보는
혜안慧眼이 되었습니다

광교산 어깨를 기대고
허리를 절룩이며 푸르름을
간직한 채 걸어온 세월

맑은 하늘 능선 위
손잡은 뭉게구름 춤을 추고
물 위에 드리운 추억
화려하게 산수화를 그립니다

홍매화 紅梅花

정자에 동면하던 통기타
햇살 품어 붉어진 가슴
봄바람에 선율을 울린다

사군자四君子의 으뜸인 매화
맑은 호숫가 환한 미소에
붉은 물결 퍼지고

방울방울 실룩대는
신부新婦의 입술에
가슴엔 땀방울을 적신다

붉게 터지는 유혹의 미로
새털구름도 가지에서
떠나지 못하는 만석공원

꽃밭에 환호하는 발걸음
가슴마다 향기에 취해
기타 줄 축배의 꽃잎 날린다.

행복한 인연

남아프리카에서
따뜻한 빛으로 다가온
아름다운 인연이 있습니다

그윽한 향기가
온몸으로 전해오는
청순한 프리지어입니다

말을 하지 않아도
마음으로 느낄 수 있는
호수 같은 여인입니다

순결純潔한 그녀는
늘씬한 몸매에
노란색 원피스만 입습니다

생수 한 잔에도
소소하게 행복을 느끼는
천사입니다

천상의 인연 그녀의
진한 향기에 취해
영원히 함께하고 싶습니다

징검다리를 연결하듯

박 경 순

산천들은 코로나 시대를 알기나 할까. 마치 시간을 도둑 맞은 것처럼 삼사 년이 순삭되었습니다. 그 사이에도 시간은 흘렀지만 사람들의 왕래가 멈추고 순조롭던 일상에 비상 신호가 걸렸습니다. 그 시간이 길었다면 길고 짧았다면 짧다고 할 수 있겠으나 몇 년이 흐른 작금에도 그 간극은 구멍처럼 뚫려 있습니다. 그 구멍으로 허무가 들어오고 삶의 궁극을 묻는 질문들이 들락거립니다.

우면산 나무는 그 세월을 어떻게 견뎠을까. 이런 날이 오리란 걸 믿고 뿌리를 더욱 튼실하게 뻗어나가고 있었던 것일까요?

궁금하지만 선뜻 안부를 묻지 못하던 차에 불쑥 동인지 얘기를 꺼내셨습니다. 1집과 2집을 내고 그것이 끝인가 해서 긴 아쉬움으로 남았었습니다. 마치 놓다만 징검다리를 연결하여 우리의 어제와 오늘 그리고 미래까지 연결 짓는 거 같아 흔쾌히 동의했습니다. 동의를 너머 장단을 맞추었다고나 할까요.

　제1집 『커피와 비스켓』, 제2집 『봄빛 초대장』에 이어 이번에 발간되는 『그대라는 별』은 아름다운 징검다리가 되어 서로를 이어주고 끊겼던 세월을 소생시켜 줄 거라 믿습니다. 제게 에필로그를 부탁하셨을 때 저는 물이 조잘거리며 흘러가는 징검다리 앞에 앉아서 이 글을 쓰고 있습니다.

　　　물은 물대로
　　　사람들은 사람 대로

　　　제 갈길 가기 바쁘다
　　　물은 아래로
　　　사람들은 위쪽으로

　　　제 방향대로 간다

　바쁘면 바쁜 대로 방향이 엇갈리면 엇갈리는 대로 우리는 함께할 수 있습니다. 바라봐 주는 것만으로도 우리는 함께라는 걸 느낄 수 있으니까요.
　이번 동인지에 참여하시는 분들의 여러 갈래의 사고와 방향이 있더라도 한 권의 책으로 ‘함께’한다는 것만으로도 기쁘고 살아있음에 행복합니다.

■ 글마을시선2 우면산 나무의 소망 동인지 제3집

그대라는 별

초판인쇄 2026년 4월 24일
초판발행 2026년 4월 24일
지 은 이 우면산 나무의 소망 동인
펴 낸 이 최 상 근

펴 낸 곳 도서출판 글마을
출판등록 2023. 08. 10(제2023-000106호)
주　　소 경기도 성남시 분당구 황새울로 307
　　　　　한라시그마파크 813호(서현동)
홈페이지 https://cafe.daum.net/chldkstks
E- mail choiahnsan@hanmail.net
F　A　X 031-8039-4646
가　　격 15,000원
I S B N 979-11-998330-36 03810

* 잘못된 책은 바꿔 드립니다.

MEMO

MEMO